いちばんやさしい! 楽しい!

シルバー川柳入門

川柳家
水野タケシ 著

河出書房新社

―― 新装版・はじめに ――

文才は必要ありません！
川柳が好きなら、誰でもシルバー川柳の達人に！

お久しぶりです！　お元気でしたか？

本書「シルバー川柳入門」の発売から3年が経ちました。その間、平成は令和になり、コロナ禍がやってきました。「おうち時間」が増加して、川柳に関心を持つ方も増えました。シルバー川柳もどんどん新刊が出て、どの本も大人気です。

ただ、「読む」から「作る」への一歩がなかなか踏み出せない、という方がまだまだいるのも事実です。

「シルバー川柳のファンだけど、自分は読むだけなんだよね」
「作ってみたいけど、むずかしそう……」
「そもそも、何から始めればいいかわからないし……」

そんな皆さんに、まずは川柳作りの才能の見分け方を本書で伝授しましょう！
これは、かんたんなのですが、他人の句を読んで「面白い！」「川柳、作ってみたいなあ」と思った方なら、すでに才能があります。ご自身の中に、その作者と同じような「川柳のタネ」があるからこそ、その句に共感できたからです。

さて、才能があることがわかったら、次はその「川柳のタネ」に水をやり、開花させる「上達法」になります。本書を読むこともその一つですね。

この入門書の特長は、何より「かんたんで楽しい」こと。読み進むうちにあら不思議。むずかしいと思っていた、五七五の基本が身につき、句作りがいつの間にか上達します。

また、どこから読んでもＯＫですので、ちょっとした家事の合間や病院の待ち時間にも最適の一冊です。繰り返し読み返していただくと、さらに効果的です。

読んで楽しい川柳ですが、作れば10倍楽しいのが川柳です。コロナでさえ川柳のネタです。おうち時間も充実しますよ。ましてや、その句が他人から共感されて、ホメられたりしたら、それこそ天にも昇ってしまいそう！　うれしさは１００倍にも１０００倍にもなります。

川柳は世界一短い、また世界一自由な文芸です。その自由さが大きな魅力です。格言、標語、日記風、ワイドショーネタ、愚痴や文句でもかまいません。字余り、字足らず、初めは何だって良いのです！　五七だけでも七五だけでもＯＫです。

さあ、まずは一句、むずかしく考えずに作ってみましょう。

そして表現する楽しさを味わいましょう。川柳作りは、心のデトックス（毒出し）。モヤモヤやクヨクヨを吐き出すとスッキリしますよ。このスッキリ感も句作りの楽しさの一つです。

川柳に興味があって本書を手に取った。それだけであなたには才能があります。

さあ、自信をもって、胸を張って！
私はあなたの横にいます。わからないことがあったら何でも聞いてくださいね。

水野　タケシ

いちばんやさしい！楽しい！シルバー川柳入門　目次

第二章

さらに上達！シルバー川柳のコツレッスン

第三章 ちょっと上級！ 句がイキイキするワンポイント添削塾

第一章

超初心者でも大丈夫！シルバー川柳はじめの一歩

川柳に親しんだことがない人でも心配ありません。
まずは楽しく準備運動から。
遊びながらシルバー川柳の楽しさに触れていきましょう！

俳句とはそもそも何が違うの？

川柳とは？

シルバー川柳を筆頭に、サラリーマン川柳、ダイエット川柳、女子会川柳など、多くの人に愛される川柳ですが、「川柳って何、俳句とはどう違うの？」と言われたら、うまく説明できない人も多いのではないでしょうか。

川柳も俳句も同じ一七音字、五七五の短い文芸です（短歌は、三一音字）。しかし、最大の違いは、「季語」があるかどうかです。**俳句には必ず季節を感じさせる言葉を入れなくてはいけませんが、川柳にはあってもなくてもいいのです。**

俳句にチャレンジする人の中には、「季語がうまく使えない」「季語を入れると、一七字に収まらない」といった声も聞きますが、川柳はそうした制限がないため、肩の力をぬいて楽しめます。また、**はじめのうちは、五七五や一七音字に縛られなくても大丈夫！** 細かいことは気にせずのびのびと作ってみましょう。

川柳と俳句と短歌の違い

	俳句	川柳	短歌
文字数	五・七・五	五・七・五	五・七・五・七・七
季語	必須	なくてもよい	なくてもよい

文字数ではなく音数で

川柳の文字の数え方

川柳を始めたとき文字数に悩むことがあります。たとえば、「びょういん」は見た目が五文字ですが、川柳は声に出した音で数えるため四音字になります。しかし、これも気にすることはありません。**音字の数え方は、句を作り続けていれば自然に体得できるものです。はじめのころはあまり神経質にならず、自由な感覚で句を作りましょう。**

拗音《ようおん》

「きょ」「しゅ」「ちょ」は、見た目で数えると二文字ですが…

⬇ 二字を一音として数える

【例】「キャ《一音》ラメル」（四音）「しょ《一音》うゆ」（三音）

促音《そくおん》

「ばっ」や「もっ」のようにつまる音は、
見た目の文字数と同じく

➡ **二音として数える**

【例】「バッタ」（三音）「さっき」（三音）

長音《ちょうおん》

「さあ」「まあ」「ツー」のように長くのばす字は
見た目の文字数と同じく

➡ **二音として数える**

【例】「おじいさん」（五音）「ソース」（三音）

撥音《はつおん》

言葉の終わりが「らん」や「めん」などは、
見た目の文字数と同じく

➡ **二音として数える**

【例】「ランプ」（三音）「でんき」（三音）

クイズ

次の言葉はそれぞれ何音でしょう。

①診察券
②シルバーカー
③認知症
④洗面所
⑤病歴
⑥しゅうとめ

【答え】
①六音
②六音
③五音
④五音
⑤四音
⑥四音

※ちなみに、不安は三音で、ファンは二音です。

毎日がもっと楽しくなる！

シルバー川柳のいいところ

シルバー川柳の効用をひとつひとつあげていったら、何時間かけても語りつくせないほどです。あえてほんの一例を紹介するなら……

お金がかからない

ペンと紙さえあれば大丈夫。広告の裏にエンピツで走り書き。それで十分です。

心の掃除《そうじ》ができる

川柳にすれば、愚痴も心のモヤモヤも「あー、すっきり」と、笑い飛ばせます。

褒《ほ》めてもらえる

何気ない日常も川柳にすれば味わい深くなるため「いいわねぇ」と褒めてもらえます。

友達ができる

作った川柳を投稿したり句会に参加したり、友達の輪が広がります。

日記より楽

日々の出来事や感じたことを川柳にすれば、それが自然と日記になります。

物事を丁寧に見られる

川柳を始めると、身のまわりの小さなことにも心が揺さぶられるようになります。

脳の活性化になる

気持ちや感じたことを川柳にするには頭がフル回転。ボケ防止にも最適！

気持ちが若返る

感受性が豊かになり、心のはりとやわらかさが取り戻せます。

人生の素晴らしさを再認識

それまで見過ごしていた小さな幸せや喜びを実感し、生きる楽しさがわいてきます。

あなたの川柳家度チェックつき

まずはシル川名句の鑑賞から

川柳を上達させるのに大切なのは、他人の書いた句を読むことです。「うまい」「わかる！」「面白い」などと、自由に感じながら、どんどんシルバー川柳の作品に触れましょう。

あなたが気に入った句に○をつけてみましょう！

□ 女子会で　別墓宣言　盛り上がり

高橋はつゑ（71歳）

□ 八十路過ぎ　姉のお下がり　又届く

佐藤静子（86歳）

還暦が　若い血となる　町内会

芳賀麻薫（65歳）

小遣いを　せびる孫には　惚《ぼ》けたふり

小白正敏（70歳）

女子体操　つくづく眺め　妻怒る

奈良正八（90歳）

寒い夜　あんたではなく　アンカ抱く

西 忠子（66歳）

女とは　菩薩もいれば　夜叉もいる

清野はつゑ（88歳）

□

人生を　上りきらずに　下り坂

梁川正三（73歳）

□

病床の　老妻《つま》の目線に　花飾る

秋葉秀雄（69歳）

□

エンディング　お経はイヤよ　シャンソンで

佐藤みね（80歳）

□

湯あがりの　しっぷ貼りっこ　たまの愛

鈴木信子（68歳）

□

時効など　認めぬ妻の　記憶力

江刺雄治郎（77歳）

○が 8 ～ 12 個の人

感性豊か！　未来の大川柳作家の可能性十分！

いろんな句を楽しめたあなたは心がやわらか。
感じるままに川柳を詠めるタイプです。

○が 4 ～ 7 個の人

鋭い批評眼の持ち主！　あなどれません

簡単に「面白い」と言わないあなた。
考え抜いて川柳を詠む頭脳派タイプかも。

○が 0 ～ 3 個の人

天才肌?!　へそまがり?!
そんなあなたの川柳を今すぐ読んでみたい！

研ぎ澄まされた感性のあなたは、天才タイプかも。
どんな句を詠むのか興味津々！

川柳は自由に楽しく！がいちばん。
どなたでも、シルバー川柳を自分流に
楽しんでいけますよ！！

正解は一つではありません

言葉の穴埋めで遊んでみよう

川柳作品の穴埋め遊びで、五七五のリズムに親しんでみましょう。最初は、考えやすいように三択問題にしていますが、正解は一つだけではない、頭の体操となる遊びです！　気軽に自由な発想で、どんどん当てはまりそうな言葉を出してみましょう。言葉探しがきっと楽しくなってきますよ！

問1

［　　　　］
今日も行かねば
病欠に

①パート先
②趣味の会
③診療所

三択以外にも
考えられそうですね！

答えは次のページに。

問1 答え

③番

診療所

今日も行かねば

病欠に

亀井千代蔵

五七五のはじめの五を上五《かみご》（初五《しょご》）といいます。パート先も趣味の会もよくありそうな状況ですが、診療所が一番面白いですね。病気になったら行くはずの診療所に病欠！なんという皮肉でしょう。

問2

□になって出てゆく
雨宿り

①晴天
②本降り
③霧雨

選択肢以外の答えでも
思いついたら
どんどんあげてみましょう！

答えは次のページに。

問2 答え ②番

本降りになって出てゆく雨宿り

（古川柳）

川柳という名称は、江戸時代の選者（句を選ぶ人）柄井川《からいせん》柳《りゅう》の名前に由来しています。

雨宿りしたことで、かえって雨がひどくなってしまった。そんな「やれやれ……」という気持ちが面白い句です。

問3

ここからは三択ではなく自由解答！
頭をやわらかくして考えてみましょう！

単身者［　　］を持て余し

わあ、どんな言葉でも
当てはまりそうな
感じですねー！

答えは次のページに。

問3

答え

ネギ一本

単身者ネギ一本を持て余し

兎原健夫

五七五の中の七を中七《なかしち》といいます。どんな言葉が浮かびましたか？「4DK」？「三連休」？「コメ一〇キロ」なんていうのもあるかも。「キャベツ一玉」もいいですね。答えは「ネギ一本」。ひょろっと長いネギを持て余すなんて、単身者の体型まで目に浮かぶよう。

最後の問題！

終わりよければすべてよし。
どんどん言葉を出してみましょう。

お化けでも
出て欲しかった
□

だいぶ慣れてきましたね！
耻ずかしがらずに
どんどん思いつく言葉を
入れて楽しみましょう！

答えは次のページに。

最後の問題！

答え

熱帯夜

お化けでも出て欲しかった 熱帯夜

佐藤しょう三

五七五の終わりの五は下五《しもご》（座五《ざご》）といいます。さあ、どんな言葉が浮かびましたか。「初デート」？　キャッと驚いて抱き合う二人、なんて発想が若々しいですね。「淋しい夜」ですか。「亡き親友」……切ない句になりますね。答えは「熱帯夜」。ヒンヤリしたいほど暑い夜だったのですね。

タケシ先生の

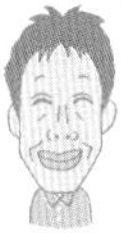

シル川コラム

眠れぬ夜にこそ川柳を

年齢を重ねると、眠れない時間が増えてきます。しかし、嘆くことはありません。なぜなら、眠れない夜こそ川柳を考えるのにぴったりだからです。今日見たこと、感じたこと、時事ネタなどを、五七五にしてみましょう。

考えているうちに、疲れて眠ってしまう場合もありますし、逆に集中して思わぬ秀逸な川柳が生まれることもあるのです！

ただ一つ、注意していただきたいのは、自分の過去のことなんか下手に考えないことです。恥ずかしい思い出がフラッシュバックして、冷や汗で眠れなくなるかもしれませんから（笑）。

素直な感情がそのまま川柳のネタになる！

よくある「喜怒哀楽」の言葉から連想してみよう

川柳穴埋め遊びで、五七五のリズムに親しんでみました。次は実際にあなたの心の中の想いをカタチにしてみましょう。

まずは、うれしかったり、困ったり、ビックリした気持ちを自由に書き出すトレーニングです。

五七五にならなくてもかまいません。うまく書こうとか、かしこまったり構えたりする必要もありません。チラシの裏にでも気ままにどんどん書き散らしてみましょう。

喜
怒
哀
楽

困ったから自由に連想してみましょう！

〈作品例〉

困ったな　妻のサイフに　金がない　谷村ひろば

筋トレ後　整形外科とは　なさけない　熊倉正宏

呼びリンに　入れ歯だカツラだ　忙しい　大岩京子

「困った」の気持ちからあなたの句を作ってみましょう。

「困ったこと？　え〜なんだろう。いきなり言われても思い浮かばないな」。そう思ったあなた。大丈夫です。**いま、まさに困っているじゃないですか。そんな気持ちを素直に句にしてみたらどうでしょう。**

　また、右のページにある作品をまねて書く方法もあります。「うんうん、わかる」とうなずいたり、「これは面白い！」と感じた句を、先ほどの穴埋め問題の要領でまねしてみましょう。「筋トレ後　□□□□□□□　情けない」のように、□の中にあなたが考えた言葉を入れるだけでも十分です。もちろん、五七五になっていなくてもＯＫ。頭に浮かんだ言葉をどんどん書いてみましょう。

　案ずるより産むがやすし、考えるより書くがやすし、です。

嬉しいから自由に連想してみましょう！

〈作品例〉

嬉しいな　今日は家内の　給料日　佐野宵宵

眠いとき　眠れることの　ありがたさ　水野ユミ

今日の風呂　カワイコチャンに　洗われる　大山登美男

「嬉しい」の気持ちからあなたの句を作ってみましょう。

はじめて川柳を作る人にお勧めしたいのが、連想法です。昔の言葉遊び「豆腐は白い、白いはうさぎ、うさぎははねる」のように「嬉しい」という言葉から思い浮かぶ言葉をどんどん紙に書いてみるのです。

「孫が来た」「体重が減った」「着ている服をほめられた」「昼ご飯が美味しかった」「バーゲンでいいものが買えた」

とりあえず五七五は考えず思いついたまま書いてみましょう。ノートを使うと緊張する人もいるので、チラシの裏や書き損じの紙を使って、気軽に言葉を連想してみましょう。思いがけず、面白い言葉や、はっとするような表現が飛び出すかもしれません。始める前の深呼吸も効果的です。もし、あまり思い浮かばなくても気に病まず、少し時間を置きリラックスしてから再挑戦してください。

大変だ から自由に連想してみましょう！

〈作品例〉

大変だ　死ぬまで　生きていくなんて　水野タケシ

呆け防止　株に手を染め　眠れぬ夜　佐藤健三

渋滞を　見れば先頭　高齢者　三吉雅春

「大変だ」の気持ちからあなたの句を作ってみましょう。

「大変だ」という言葉から、あなたはどんなシーンを思い浮かべましたか。たとえば、用を足した後、トイレットペーパーがないのに気づいたこと、お孫さんにお小遣いをあげようと思ったら、財布に一万円札しかなかったこと、バスに乗ってから鍵の閉め忘れに気づいたこと、そんなドキッとするようなシーンもありますね。また、幼いころや結婚したころ、子供が生まれたばかりのころ、いろんな大変な時期を思い出した方もいるのではないでしょうか。

「大変」という言葉一つとっても、人の感じ方はそれぞれです。だからこそ、世の中に星の数ほど川柳があっても、ひとつひとつが味わい深いのです。

驚いたから自由に連想してみましょう！

〈作品例〉

驚いた　無料サンマの　集客力　こふみ湯水

入れ歯とり　魔法使いと　孫びびる　三角トミ

元彼《もとかれ》に　あんただれだと　尋ねられ　岩谷登美枝

「驚いた」の気持ちからあなたの句を作ってみましょう。

どうでしょう、句を作るのに少しずつ慣れてきたでしょうか。それとも、考えているうちに息がハァハァ、頭はクラクラなんて状態になっていないでしょうか。もし、「川柳を考えすぎて頭が痛い！」なんていう方がいらしたら、どうぞ両手を高く上げて、思い切り伸びをしてください。ついでに、首を左右に倒したり、ぐるっと回したりしてみましょう。お茶を一杯、飴玉一つ口に入れてみるのもいいですね。**川柳は仕事や宿題ではありませんから、そんなに真剣に取り組まなくてもいいのです。根を詰めて考えるより、お気楽に、のんきな気持ちでいたほうが、ふっと言葉が浮かんでくるものです。**

煮詰まったら穴埋めで気分転換。「驚いた　□□□□□の　集客力」。さて、あなたなら、どんなお店に引き付けられるでしょうか。それを□に当てはめてみましょう。

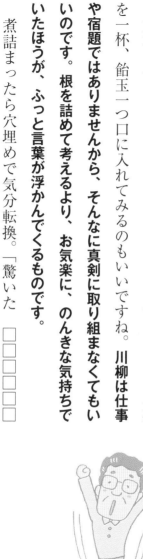

感動だから自由に連想してみましょう！

〈作品例〉

美しい　夕やけ今日も　生きました　齋藤光子

国宝と　確かめてから　感動す　おっぺす

病み上がり　晴れ間に向かって　ガンバルゾー　林　忠夫

「感動だ」の気持ちからあなたの句を作ってみましょう。

「季節の移り変わりを感じるようになった」「ご近所の散歩が楽しくなった」「人のやさしさが身に染みるようになった」。川柳を始めた方から、こんな声を聞くことが多いです。たぶん、川柳を始める前から、季節は移り変わっていたし、ご近所の風景だってそうそう変わっていないでしょう。人のやさしさもしかりです。でも、**川柳を書くという意識を持つだけで、ものの見方が変わり、感性が研ぎ澄まされるので、小さなことにも感動する心が生まれるのです。**

「感動」という言葉は、大仰というか、なんとなく気恥ずかしいような印象を受けますが、あなたが暮らしの中で感じた心温まることや、人のやさしさ、自然の美しさなどを思い浮かべてみましょう。きっと、あなたにしか書けない「感動」の川柳ができるはずです。

腹立ったから自由に連想してみましょう！

〈作品例〉

情けなや　混浴するけど　気付かれん

玉造ミユ

腹立てた　理由《わけ》を聞いてて　腹が立ち

さくら

おだやかな　老後ぶっこわす　出戻り息子

鈴木愛子

「腹立った」の気持ちからあなたの句を作ってみましょう。

シルバー川柳のいいことの一つに、「心の掃除」をあげました。実は体の中の「毒出し」効果もあるのです。このページのテーマ「腹立った」は、自分の中だけにため込んでおくとストレスになり、胃痛や頭痛、不眠などを引き起こす原因になりかねません。そういうことこそ、**川柳にして自由に吐き出し、笑い飛ばしてしまいましょう。これが心の掃除と毒出しです。**

もし、温厚な性格で「私、あんまり怒ったことがないなぁ」と句が思い浮かばない方は、ぜひ、世の中に目を向けてください。年金、介護、不景気、戦争、独裁者。いろいろ腹の立つこともあるでしょう。川柳はこうした社会問題に興味がある方にもとても人気があります。世の中の理不尽を、あなたのシルバー川柳力で一刀両断してください。

遊び感覚でやってみよう

シルバー川柳流「お題→キーワード」連想法

シルバー川柳になりやすいテーマから、頭に浮かぶキーワードを自由につぶやいてみましょう。お題から浮かぶ言葉を書き出し、あなたならではの感じ方や体験まで行き着いてみましょう。

初めから五七五の完成形が頭に浮かぶことは滅多にありません。**どんな言葉でもいいので書き出しましょう。浮かんだ言葉は「川柳の種《たね》」です。大切な言葉ですからどんどんメモしましょう。**あとでこの種たちから芽が出て、茎が伸びて、川柳という花になります。

三分間の制限時間で、どれだけ言葉が書き出せるか試してみても楽しいで

すね。三分間で何も浮かばなかったら再度行います。他の誰かと競い合ったり、書き出した言葉や体験を発表し合うのも楽しいですよ。さあ、次のページから始めてみましょう。

お題❶

病院

連想キーワード

看護師さん　医者　点滴　くすり　マスク　待合室

病気自慢　血圧　リハビリ　入院　ベッド　診察券

まだまだいっぱいありますね！

さらに発想をふくらませてみましょう！

できればお世話になりたくないのが病院ですが、シルバー世代にとって病院は切っても切れない身近な存在です。そして、**病院はシルバー川柳のネタの宝庫**でもあります。イケメンのお医者様、かわいい看護師さん、病気自慢のあの人この人。**いつもは憂鬱な長い待ち時間をフルに活用して、連想したキーワードから一歩進めて川柳を詠んでみましょう。**

出来上がり作品例

主治医から　アルチュウハイマー　告知され
村上知也

麻酔さめ　まず確認の　預金帳
高沢照夫

リハビリは　分かっちゃいるけど　楽《らく》したい
加納千秋

お題2

クラス会

連想キーワード

マドンナ　先生　初恋　あこがれ　自慢　思い出

変わった　出欠のハガキ　はげた　太った　病気　同級生

まだまだいっぱいありますね！

さらに発想をふくらませてみましょう！

クラス会という言葉に、胸がキュンとなる人がいます。打ち明けられなかった切ない思い。木造校舎のにおい、セーラー服に詰襟。そんな甘酸っぱい思い出が浮かぶ人もいれば、互いの人生を品定めし、勝ち組だ負け組だと、ライバル心むき出しの人もいるでしょう。そんな**悲喜こもごものクラス会。**

さて、あなたはどんな気持ちをいだきましたか。気楽に詠んでみましょう。

出来上がり作品例

クラス会　バッチリ決めたら　あら歌舞伎

及川裕子

記憶力　試されている　同窓会

小関昌子

何先生？　聞いてびっくり　同級生

高井たか子

お題❸

腰痛い

連想キーワード

ぎっくり　マッサージ　湿布　ハリ　ホカロン　温泉　杖

四つん這い　動けない　つらい　コルセット　寝たきり

まだまだいっぱいありますね！

さらに発想をふくらませてみましょう！

ヨーロッパではぎっくり腰を「魔女の一撃」と呼ぶそうです。突然、稲妻に打たれたように腰が痛む症状は、まさに、この表現がぴったり。また、**加齢とともに腰痛は長く付き合うお友達。**腰痛歴うん十年、という強者もいるでしょう。ぎっくりしたり、しくしく痛んだり、腰の痛みも千差万別。**症状によって連想されるキーワードも違うかもしれませんね。**

出来上がり作品例

爺日課　塗る貼る飲むで　半日パー

二木基保

古希《こき》古希《こき》と　首腰膝が　さわがしく

畑　尚宏

加齢臭　シップ薬で　倍増し

兎原健夫

お題❹

物忘れ

連想キーワード

あれ　それ　人の名前　何食べた？　ぼんやり　真っ白

頭　見つからない　さがす　サプリメント　ボケ　認知症

まだまだいっぱいありますね！

さらに発想をふくらませてみましょう！

何を食べたか忘れるのが「物忘れ」。食べたことを忘れるのが認知症、などと言います。しかし中には、ご飯を食べなががら「さっき食べたよなぁ……」と思い出す、グレーゾーンの方もいらっしゃるようです。**何はともあれ、年を重ねると物忘れはつきもの。**認知症の足音におびえるのではなく、**シルバー川柳で脳を活性化させ、物忘れなど笑い飛ばしましょう。**

出来上がり作品例

今日も又　何か忘れて　頑張るぞ

高橋スマノ

「や」「どうも」　言って言われて　誰だっけ

年成一伸

惚《ぼ》けじゃない　老《おい》にもあるの　反抗期

大平　昭

お題5

孫

連想キーワード

かわいい　宝　自慢　里帰り　子育て　子守り

あったかい　憎まれ口　おもちゃ　好物　小遣い　お年玉

まだまだいっぱいありますね！

さらに発想をふくらませてみましょう！

「孫句に名句なし」というように、川柳や俳句の世界では、孫を題材に句を詠むことをよしとしない風潮があります。しかし、**かわいい孫を句にしたいのはごく自然なこと。シルバー川柳はそういう気持ちも大切にします。**どうぞ、顔を思い切りほころばせながら、孫から浮かぶキーワードをどんどん書き出してください。チラシ二～三枚、すぐに書ききってしまうはずです。

出来上がり作品例

百円で　ニッコリする孫　一番ヨ

佐藤みね

かくれんぼ　孫見当たらず　大慌て

小林吉平

オレ、オレ、オレ　本当《ほんま》のオレだと　孫の声

梁川正三

お題❻

老人会

連想キーワード

趣味　サークル　ゲートボール　会長　役員　公民館

バス旅行　積み立て　友達　高齢化　年金

まだまだいっぱいありますね！

さらに発想をふくらませてみましょう！

ひと昔前の老人会は、そのネーミングにふさわしい、枯れた雰囲気を醸し出していました。しかし、今どきは違います。

メンバーも若々しければ、スポーツ大会にバス旅行など、活動もアクティブ。しかし、ちょっと複雑な人間関係もあったりして、**川柳になりそうなネタはつきません。**好奇心のアンテナを張りめぐらして、川柳力に磨きをかけましょう。

出来上がり作品例

老人会　しわ雪姫と　呼ばれてる　伊勢武子

デザートが　クスリに代わる　老人会　池田卓也

「若いワヨ」　ホメ合戦の　婆さん会　齋藤美江

その他のお題&傑作紹介！

身のまわりの気になるお題から自由に詠んでみよう

どんなことでも詠めるのが川柳の魅力！　身のまわりの出来事をテーマに、どんどん心のつぶやきを川柳にしていきましょう。お題は毎日の生活の中に無限にあります！　過去のシルバー川柳本から様々なお題で詠まれた傑作をご紹介します。

恋愛

手が触れて　パッとときめく　まだ男
宮坂　正（79歳）

惚《ほ》れたのか　はて惚《ぼ》けたのか　老いの恋
大山登美男（86歳）

絵手紙を　描く手震える　老いの恋
角野濱照（64歳）

夫、妻

この夫《ひと》を　欲しい物好き　ないかしら

戸田トモ（75歳）

恐い妻　休みと言えば　舌を打つ

堀江武比古（64歳）

息子、娘

バカ息子と　嘆く父親　瓜二つ

金井喜美子（71歳）

娘たち　来るとごっそり　モノが減る

鈴木　實（81歳）

年金

年金日　知っているのか　猫はしゃぐ

増子恵子（76歳）

ペット

老犬と　励まし合って　散歩道

小林佐千子（73歳）

ダジャレ

いやな文字　光輝高嶺（後期高齢）　書きかえる

松岡永也（75歳）

くすり

さまざまな　クスリ呑み呑み　踊る妻

長井一郎（79歳）

入れ歯

昼の顔　入れ歯外せば　夜の顔

糸井綾子（79歳）

尿漏れ

心配は　水漏れよりも　尿の漏れ

小林和幸（75歳）

あの世

天國（亡夫）へ　届けてやりたい　うなぎ重

高橋治子（83歳）

お葬式

葬儀場　赤ちゃんがいて　笑いあり

山岡京子（75歳）

川柳の
楽しみ方いろいろ

句が浮かばないときは、ダラダラと考えず、「一五分で一句」というように、制限時間を設けてみましょう。火事場のバカ力でしょうか。案外いい句ができたりします。

第二章

さらに上達！シルバー川柳のコツレッスン

川柳作りにも少し慣れてきましたね。
この章では、川柳を書くための具体的なコツを紹介します。
句材探しと言葉づかいの工夫のヒント満載です。

楽しく詠むコツ

シルバー川柳　十か条

川柳は五七五の自由な文芸。気負わず自由に書いてみましょう。肝心なのは、あなた自身が楽しいことです。さぁ、私と一緒にさらに川柳の世界へ進んでいきましょう。

一、学ぶこと　真似ることから　まず始め

気に入った句や共感した句があったら真似してみましょう。また、好きな川柳は専用のノートに書き写しましょう。ノートがいっぱいになるころには上達間違いなし！

二、五七五　だけがルールと　心得よ

川柳は世界一自由な短詩。五七五の一七音字だけがルールです。短歌や俳句に比べて歴史の浅い川柳。あなたの一句が明日の川柳を創ります！

三、他人への　誹謗中傷《ひぼうちゅうしょう》　いけません

五七五だけがルールといっても、不必要に他人を傷つけるような表現はいけません。非難や攻撃ではなく、ユーモアや自虐に富む心の余裕を。

四、川柳は　楽しく生きる　道具なり

川柳はあくまでも、あなたがあなたらしく、楽しく生きるための道具です。孫ネタやペットネタ、暮らしの中の喜びや愚痴など、何でも気楽に自由につぶやいてみましょう。

五、とりあえず　一日一句　心がけ

実際に「一日一句」できなくても、チャレンジすることが大事。ウォーキング中や入浴中、晩酌中など、「創作タイム」を決めてトライしてみましょう。

六、字余りに　字足らずやがて　花開く

いきなり五七五の完成形ができることはマレです。「五七」や「七五」の川柳のカケラも、作句メモに記録。あとで五七五に花開く場合があります。

七、身のまわり　喜怒哀楽が　すべてネタ

「人の不幸は蜜の味」という言葉がありますが、自分の不幸だって客観視すれば、格好の川柳ネタ。ご自分の「トホホ」も川柳にして笑い飛ばしちゃいましょう。

八、お通夜でも　句が浮かんだら　すぐにメモ

書き留めなかったせいで、どれだけの名句が、日の目を見なかったことか！　ペンとメモはどんな場面であろうと携行しましょう。

九、詠んだ句は　恥ずかしがらず　見てもらう

自信作は、進んで見てもらいましょう。作句への思わぬヒントを得られることがあります。どうしても恥ずかしい場合は、しばらく時間を置いたりして、自分の句を客観視する工夫を。

十、続ければ　やがてあなたの　色が出る

どんな大河も、一滴の石清水から。一日一句も、一年で三六五句になります。継続はチカラ。続ければおのずと色が出るでしょう。

揃えてみると気分も上がる

シルバー川柳六つ道具

何かを始めるとき、道具を揃えるとやる気がわいてきますね。六つ道具を並べただけで、いい句が生まれそうな予感が……。

❶ 筆記具

名句はいつ思いつくかわかりません。「あとで書こう」では忘れてしまうので、常に持ち歩くといいでしょう。また、家のあちこちにペンと紙があるとさらによいです。

❷ 川柳ノート

出来上がった句を清書したり、気になる川柳を見つけたときに書き留めておくノートです。五七五になっていない五七や七五もメモしておきましょう。日記代わりにもなりますので、日付をつけて保管を。

❸ハガキ

句ができたら、新聞や雑誌、テレビやラジオの川柳コーナーに投句（川柳の投稿）しましょう。他人に見られることで句に磨きがかかりますし、書く励みになるのです。

❹入門書（本書！）

何か困ったことや迷ったことがあったらページを開いてください。きっとヒントが見つかるはずです。この本を私の分身だと思って、傍らに置いて頂ければ幸いです。

❺メモ用句帳（チラシの裏、スマホでもOK！）

浮かんだ言葉は、たとえ五七五になっていなくてもどんどん書きましょう。それにはノートよりメモ帳です。また、スマホや携帯のメール機能も上手に活用してください。

❻辞書類

うまい言葉が見つからないとき、なにかヒントがほしいとき、辞書はとても役立ちます。また、気まぐれにめくったページの言葉を元に名句が生まれることもあります。

ヒントはどこにでも

句材の探し方

ペンネームはつけた。五七五の数え方もわかった。メモ帳もペンも携帯した。さあ、さっそく「よし、川柳を詠もう」とはりきっても、いきなり川柳が浮かぶわけではありません。**句作りの前に、まずは句材（ネタ）の探し方。名作の裏に、良いネタあり。**地道に句材を集めましょう。

❶日常生活から

メモ帳と筆記用具を持ち歩いてみましょう。いつ句材にぶつかるかわかりません。日常の何でもないことを句にまとめることはむずかしいです。なるべくハプニングを句にまとめてみましょう。会話はもちろん、テレビや新聞、ラジオ、雑誌など、すべてが情報源です。目や耳、その他の五感（味覚、嗅覚、触覚）からの情報にアンテナを張りめぐらせましょう。身近な人間関係や社会へ目を向けましょう。**「喜怒哀楽に句材あり」です。**何か言いたいことや、つねづね思っていることはありませんか。それを五七五にまとめてみましょう。

むせるほど　カルピスが濃い　お金持ち　水野タケシ

お金持ちの家で飲んだカルピスがあまりにも濃くてムセてしまった。そんな子供のころの強烈な思い出、ハプニングを句にしました。味覚、嗅覚にも訴えます。

おお嫌だ　似た者夫婦　いう言葉　千代姫

「おお嫌だ」という上五のオーバーな表現がユニークです。本当は幸せだからこそ、こんな際どい内容も句にできるのですね。

難民の　子らの元にも　行けサンタ　光ターン

いろいろあるけれども、それでも日本は幸せな国です。テレビが映す、不安げな瞳の難民の子供に思いを寄せる作者です。

❷ 過去の体験から

強く印象に残っている事柄はありませんか。回想してみましょう。

あの時に　言っていたなら　別の姓　多田義美

プロポーズでしょうか。「たら、れば」は人生を振り返るときつきものですが、「別の姓」とは重いですね。

字を書いた　頃もあったね　この背中　荒川　淳

恋愛中の甘い思い出を回想しています。下五の「この背中」に意外性があり、情景が一気に広がります。

神様は　許すが妻は　許さない　コーちゃん

若いころの夜遊びを今も時折、奥さんからチクチク責められる作者です。カミサンに比べたら神様なんか、という作者のボヤキが聞こえてきます。

❸ 課題から

何か課題を決めて考える方法です。まったくの白紙から考えるより、作りやすい場合もあります。たとえば課題を「夢」とすると……。

戦争よ　終われが父の　夢だった

喜術師

「夢」という課題から「戦争」を連想する飛躍に驚かされます。そんな悪夢の時代に二度と戻らないようにしたいですね。

夢なのに　亭主はいつも　ウチの人

繁原柏子

夢の中でもマジメな自分自身を、ちょっと歯がゆく思っている作者です。でも、ウチの人を超える男なんかいない、とノロケているのかも。

お姫様　だっこをジイに　せがむバア

宮本朝子

前の二句とは違い「夢」を詠み込んでいません。あくまでも傾向ですが、関西は題をそのまま句の中に入れる人が多いのに対し、関東は題そのものを入れずに表現する人が多いようです。

❹ 想像から

事実にこだわる必要はありません。想像力をはばたかせて、あなたならではの一句を作ってみましょう。**ウソをつくことも川柳ならOKです。**

> 火葬場も　混むんだろうな　私達　　ずうちゃん

世界でも前例のない超高齢社会を突っ走る日本です。これから想像を超えるようなことがいろいろ起こるのでしょう。

> 煮えきらぬ　男の上に　塩パラリ　　お鶴《つう》

コケティッシュ（小悪魔）な作風が持ち味の作者です。塩を振りかけられた男性はどうしたかな。縮こまっちゃったかも。

句材探しレッスン①

目に見えたものをそのまま川柳にしてみよう

目に見えたものや感じたこと、思ったことを片っ端から五七五でつぶやいてみましょう。**これは五七五のリズムを体得するためのトレーニングなので、面白くする必要はありません。**五七五のリズムを体得すると、他人との会話などからも、面白い五七五をキャッチできるようになります。

「某月某月、某整骨院に行って」

アイタタタ　肩腰膝も　悲鳴あげ

郵便はがき

恐れ入りますが
63円切手を
お貼り
ください。

1510051

（受取人）
東京都渋谷区千駄ヶ谷2の32の2

河出書房新社
『シルバー川柳』
愛読者カード係 行

お名前	年齢：　　　歳 性別：　男・女
ご住所 〒	
ご職業	
e-mailアドレス	

弊社の刊行物のご案内をお送りしてもよろしいですか？

□郵送・e-mailどちらも可　□郵送のみ可　□e-mailのみ可　□どちらも不可

e-mail送付可の方は河出書房新社のファンクラブ河出クラブ会員に登録いたします(無料)。
河出クラブについては裏面をご確認ください。

ご記入いただいた個人情報は、ご希望の方へのご案内送付や出版企画の参考等に利用、ご感想は弊社の新聞・雑誌広告、HP等で掲載させていただくことがございます。ご了承ください。上記目的以外では使用しません。

愛読者カード『　　　　　　　　　　　　　　　　　　編』を読んで

空欄にお読みの書名(『シルバー川柳○○編』の○○部分)をご記入ください。

●どちらの書店にてお買い上げいただきましたか？

地区:　　　　　　都道府県　　　　　　　　市区町村

書店名:

●本書を何でお知りになりましたか？

1.新聞／雑誌(＿＿＿＿＿＿新聞／広告・記事)　2.店頭で見て

3.知人の紹介　4.インターネット　5.その他(　　　　　　　　)

●定期購読している雑誌があれば誌名をお教えください。

●本書についてご意見、ご感想をお聞かせください。

階段が　あって大変　整骨院
玄関で　肥えた金魚が　お出迎え
待合室　今日もいました　顔見知り
この先生　揉み上手だし　聞き上手
揉む方も　疲れるだろな　30分
揉み疲れ　緑茶すすって　一休み
楽しいな　娘のような　受付さん
「お大事に」　やさしい言葉　背にうけて
ラララララ　足取り軽く　お買いもの

五七五のリズムが
体にしみこむと、
世の中のすべてのものが、
句材になるのです。

句材探しレッスン❷

テレビ、ラジオ、新聞、雑誌を大いに活用しよう

川柳の魅力はいつ、どこででも楽しめること。入院・入所中や手術中も例外ではありません。私は網膜剥離の2時間以上の手術際、初めて体験のドキドキワクワクに、頭の中に「句作りノート」を広げて川柳を作っていました。

・医師は言う「我慢ができる　痛みです」

・痛みより　痛み想像　するつらさ

・イタタタタ　アイタタタタタタ　イタタタタ

一方、入院・入所で外出もままならない、ベッドから起き上がれない時は、「社会の窓」として新聞や雑誌を活用しましょう。私のように、文字を追うことのつら

い方は、テレビやラジオを句作りの友としましょう。

・TPP　私のサイフは　PPP
久保田隆二（72歳）

・朝刊は　社会面より　訃報欄
佐藤安弘（72歳）

入院・入所も手術も、非日常の滅多にない体験。また時間もたっぷり取れるなど川柳づくりには絶好の機会。私のように「名作をモノにするチャンス！」と前向きにとらえてみませんか。

句材探しレッスン③

川柳を日記がわりにしてみよう

日記を書くと「心の断捨離ができる」「幸福度が高まる」「ストレスが減る」といった効果が注目されています。しかし、毎日日記をつけるのはちょっと面倒、という人も多いでしょう。**そこでお勧めなのが川柳日記。たった一七文字で済みますし、なにより上達のトレーニングになります。**毎日一句書けば一年で三六五句。二句書いたのなら、年間七三〇句。その中にはきっと「これは会心の出来！」という句も生まれるはずです。また、川柳はその時々の自分を映し出すので、振り返って読んだとき「ああ、あのときはこんなことがあったなぁ」「こんな気持ちだったんだなぁ」と、日記としての機能もしっかり持ち合わせているのです。いいことづくしの川柳日記。軽い気持ちで始めてみませんか。

川柳日記

言葉の使い方レッスン❶

会話体…話し言葉にしてみる

ひとりごとや、心のつぶやきをそのまま五七五にしてみましょう。会話体の川柳は、本音がポロリのイキイキとした表現になります。

ひとりごと、語りかけ、あなたはどっち派？

たとえば道を歩いていて、「駐車場ができたけど、元は何があったっけ？」とか「あの家の犬は人懐っこくて番犬にならないなぁ」とか。**そんな無意識な思いを文字にしてみると、案外面白いもの**です。また、言わぬが花で口には出さないけれど、相手に言いたい気持ちを五七五にするのも、また一興。あなたはひとりごと、語りかけ、どちらがお好き？

嫁さんと　一緒の姿見　楽しいな

西宮トキエ（89歳）

ストレートなつぶやきが微笑ましく、読み手も素直に共感できる句です。お嫁さんとの楽しそうな様子が目に浮かびます。新しい時代の素敵な嫁姑の関係ですね。

杖なしで　生きては行けぬ　熟女です

氏家さゆき（84歳）

下五の「熟女です」が迫力ですね。ひょっとして杖は、歩くのより、寄って来る男性を追っぱらうのに必要なのかも。こう書くと杖も頼もしい相棒ですね。

言葉の使い方レッスン❷

比喩…「たとえ」を使ってみる

「〇〇みたい」「△△のようだ」という具合に、何かにたとえる表現を比喩といいます。川柳によく用いられるテクニックの一つです。

たとえを使うと、映像が浮かぶ

「あの人ってね、全然怒らないのよ。何を言われてもニコニコして穏やかな性格だから、みんなに好かれるのよねえ」と、説明すると長くなる言葉も、「あの人って菩薩のような人だから、みんなに好かれるの」と、**たとえを使うと、手短でパッと映像が浮かびますね。**言いたいことが五七五に収まらないときなど、比喩の表現を覚えておくと便利です。

庭に蛇　乙女のように　爺悲鳴

瀬戸睦子（67歳）

お爺さんの表現が「乙女」のような声というのがユーモラスですね。こんなオーバーな表現も川柳ならでは。誇張もフィクション（作り話）も川柳ならばOKですよ。

脳ミソを　虫干しにしたい　物忘れ

高橋はつゑ（66歳）

脳ミソを虫干し、なんてすごい発想ですね！　でも実感と共感の句、私も虫干ししたいなあ。髪も歯も取り外しできるんだから、いつの日か頭の中も取り外しできる日が来るかも。

言葉の使い方レッスン③

擬人法…人になぞらえてみる

動物や植物、または身のまわりのものを人にたとえたり、人間っぽく扱うのが擬人法。あらゆるものに命や感情を吹きこめます。

物の気持ちになってみる

「朝から晩まで写真ばっかり。いい加減にしてよね」と、カメラに熱中する旦那さんに奥さんがお小言。するとご主人「だって、カメラが撮ってくれって言うんだもん」と切り返したそうです。**まるでカメラが話しているかのような言い訳は擬人法を用いたもの。**このテクニックを覚えれば、ユニークで思わずプッとふきだすような句が作れそうですね。

蝉が呼ぶ　朝っぱらから　爺、爺と

緒方信子（89歳）

朝からにぎやかな油蝉の声。「ジジジジジ……」が「爺、爺」と聞こえてきたんですね。こう聞こえてきたのは、作者がいつもご主人のことを思っているからかも。

冷蔵庫　去年の餅が　まだ寝てる

高森雅彦（93歳）

まっしろで、やわらかくて、でも不思議な存在感のあるお餅。「寝ている」という表現でお餅の質感まで描けました。「まだ残る」ではただの説明になってしまいます。

言葉の使い方レッスン❹

倒置法…前後ろを入れ替えてみる

言葉を印象付けたり、余韻を残せるのが倒置法の魅力。パッとしない句でも前後を入れ替えるだけでぐんと印象が変わります。

ぼんやりした句が引き締まる?!

たとえば、「デザートを食べたいから、ご飯は半分にして」という文章があったとします。その前後を入れ替えると、「ご飯は半分にして。デザートを食べたいから」となります。これが倒置法です。**先に理由を言わないことで、「あれ、ダイエット?」と思わせつつ、「デザートを食べる」というオチがつく**というわけです。

ややきつい　よく見りゃこれは　お前のか

松本富雄（78歳）

何がきついのかな？　と読み手の気を引いておいて「これはお前のか」とタネ明かし。奥さんの服を間違えて着てしまったのですね。服はきつくても、句はゆるさが魅力です。

今が旬　使い古した　バスタオル

山路清一（74歳）

見事な句です。「使い古したバスタオル」とは、作者のみならず、シルバー世代の象徴でしょう。そうそう、古いタオルには新品にはない新たな魅力が加味されます。新しければいいってものではありません。

言葉の使い方レッスン⑤

省略法…全部を説明せず、あえて省いてみる

一七文字の中にすべての思いを入れるには、省略するテクニックも重要。また、すべてを言わないことで、かえって句に深みが出ます。

「そのへんは察してよ…」の気持ちで

「あなたにぞっこん惚れています」という告白も直球で悪くはありませんが、「私、あなたにほの字なの」なんていう告白も風情があっていいものですね。「言わぬが花」というように、すべてのことを説明せずに、なんとなく匂わせるような省略法。**「そのへんは察してよ」という粋な感じの句にはぴったりなテクニック**になるでしょう。

死ぬまでに　あと一回は　アレしたい　光ターン（74歳）

世阿弥ではないですが、「秘すれば花（秘めるからこそ花になる）」。具体的に描写せず「アレ」とボカすことで、かえって読み手の想像力を刺激する、気になる句になりました。

だまされた　お互いさまョ　でも感謝　柳澤　清（71歳）

縁というものの不思議さを思わせる句です。ああだこうだと言葉を交わさなくとも目と目で十分会話が成り立つのですね。「でも感謝」はお二人そろっての感慨です。微笑むお二人が見えるよう。

言葉の使い方レッスン❻

ラストにこだわる…結びを工夫してみる

「終わりよければすべてよし」というように、下五はとっても大切。体言止めで力強さを出したり、余韻を残したり……。

結びの言葉にこだわると、句全体が引き締まる

たとえば、「深いのはどっちだろうか愛と憎」という私の書いた句がありますが、これを、「愛と憎どっちだろうか深いのは」としたらどうでしょう。全然印象が違いますよね。**ラストを体言止めで断ち切ることで、いろいろ想像したり、なんとも言えない余韻を残すことができます。**また、インパクトの強い言葉を最後に持ってくると、全体が引き締まります。

シャッター街　風がうず巻く　西部劇　南　雅子（76歳）

下五の「西部劇」が見事な発見です。意外性があるので引きつけられます。余計な説明をせずに、シャッター街の荒んだたたずまいが目に浮かんできます。寒々とした風の音まで聞こえてきそう。

ヘルパーさん　若い娘増えて　ヘルバーさん　川上　隆（68歳）

言葉遊びの句。ラストの「ヘルバーさん」は作者の会心の造語で、意外性があり、思わず笑ってしまいます。川柳で心遊び、そして言葉遊びを楽しみましょう。

まとめ

テクニックが光るシルル川名句を鑑賞してみよう

本章ではもっと川柳が楽しくなる「どんどん詠む」レッスンをしてきましたが、さらなる川柳の上達のコツは、やはり他人が書いた句を読むこと。うまいところをまねするもよし、心の中で手直しするのもよし。

シルバー川柳本や新聞雑誌で、どんどん作品鑑賞してみましょう。

赤い糸　たるみを直す　フルムーン

大塚徳子（65歳）

「赤い糸」という入り方がよいですね。映像的で色彩がパッと浮かびます。「たるみを直すフルムーン」という表現も前向きで素敵です。

なにゆえか　目薬タイムに　口を開け

岐部栄子（79歳）

目薬なのに口を開けてしまう、この句には作者ならではの「発見」があります。川柳は「小さな発見」を盛り込むのに適した表現です。

総入歯　体重計から　引いて出す

中村佐江子（78歳）

体重計と総入歯との組み合わせというのは新鮮です。句の余白（文章の行間）が活きています。間接的に「永遠の乙女心」を表現しています。

孫泣くな！　爺も試練に　堪えている

中田利幸（64歳）

「孫泣くな！」の「！」が大迫力！　一気に句の世界に引き込まれます。孫の句というとソフトなものが多いのですが、この句は逆で意外性が魅力的です。

じいさんよ　ゆっくりひとりに　させてくれ

山崎重子（71歳）

介護か看護か。ひらがなだけの表記が、内容にピタリと合っています。試しに「爺さんよゆっくり一人にさせてくれ」ではまったく違う印象になりますね。

寒い朝　君に会うため　走りだす

羽生田讓（74歳）

みずみずしい恋の句です。この句の素晴らしいところは「寒い朝」。五感のうち、どうしても視覚に頼って作句しがちなのですが、この句は触覚に訴えています。

ね～ばあば　じいじほんとに　男なの？

浅利桂子（68歳）

可愛いお孫さんの「つぶやき」が、そのまま川柳になりました。ひねりにひねった句よりも、子供の作為のないつぶやきの方が伝わるというのも表現の妙。

じいの禿げ　太陽あたり　湯気出てる

渡辺勝江（76歳）

なんという臨場感、映像喚起力でしょう！　ゆらゆらと立ち上る湯気が目に見えてくるようです。この描写力の元になっているのは作者の観察力の鋭さです。

婆さんは　赤、青、黄色　すべて無視

中村義則（76歳）

無敵のお婆さん。「すべて無視」という体言止めのキレもお見事。「信号」という言葉を出さずに信号を表現しているところもよいですね。省略の妙です。

墓いらぬ　最後の恋を　してみたい

岩渕敬子（77歳）

墓いらぬ、という大胆な上五（初めの五音字）にまずびっくり！　その理由「最後の恋をしてみたい」の決めゼリフにまたしびれました。

シル川コラム

ペンネーム（柳号）を考えよう

川柳を始めたのなら、ぜひペンネーム（柳号）を考えましょう。本名で川柳を作るのは正統派かもしれませんが、柳号を持つと「川柳を始めたんだ！」という気分になれますし、思い切り本音を書くことができます。

たとえば、「田んぼの案山子《かかし》」といった柳号なら性別もわかりませんし、「木彫りのクマ雄」のように男性的な名前で実は女性というパターンもありです。遊び心を盛り込んで、「夫独恋(おっとどっこい)」なんていうのもあり。これといった決まりはありませんが、コロコロ変えるものではないのでよく考えましょう。

第三章

ちょっと上級！句がイキイキするワンポイント添削塾

川柳は自由さが大きな魅力。ただ上達のためには、いくつかの大切なポイントはあります。句をさらに一段上に磨き上げる、ちょっとした工夫を実例から伝授しましょう。

① 五七五に収める

川柳は言葉のパズルでもあります。指を折り折り、言葉を入れ替えたりして、なんとか五七五に収める作業も、句作りの楽しさの一つです。

［原句］

老い一人　訪ねる人も　なく暮れて行く

←

［添削］

老い一人　訪ねる人も　なく暮れて

原句は「五七七」の字余りでした。五七五に収めることで余韻も出ます。

川柳は心遊びで言葉遊び。五七五のパズルを楽しんで

［原句］

ジジとババ　どっち好きと　聞けばジババ

←

［添削］

ジジとババ　どっちが好きと　聞けばジババ

原句は「五六五」の字足らずです。はじめは指を折って文字数を数えましょう。それにしても機転が利くお孫さん！

作った句は音読しましょう。リズムが整いますよ

❷「て・に・を・は」を整える

「君がいい」「君でいい」のように、一文字違うと言葉の印象はがらりと変わります。川柳も同じ。いろいろ変えて試しましょう。

［原句］

秘め事は　いつもヒヤヒヤ　落ち着かず

←

［添削］

秘め事に　いつもヒヤヒヤ　落ち着かず

秘め事、ドキッとしちゃいました（笑）。原句の「秘め事は」を「秘め事に」に変えることによって、作者自身の実感の句になります。

自分のこととして詠むと、説得力が増しますね

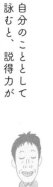

［原句］

娘《こ》も巣立ち　停電よりも　暗い家

←

［添削］

娘《こ》が巣立ち　停電よりも　暗い家

「娘が」と替えることによって、焦点がしっかり合った、印象明瞭な句になります。

シンプルに詠むことでより伝わる句になりました

③ 詰め込みすぎない

句作りを始めたばかりのころにおちいりがちです。言葉にも断捨離が必要。読み手を信じて省略できるところは省略しましょう。

［原句］

嫁と孫爺に　義理チョコ　ニコニコだあ

［添削］

ニコニコだ　嫁と孫から　チョコもらい

微笑ましい句です。嫁と孫があれば「爺」はいりません。また「義理」も省略できます。

大丈夫！　ビギナーは誰でも詰め込みがちになるんです

［原句］

コツコツと　老後の蓄え　サギのエサ

［添削］

コツコツと　貯めた蓄え　サギのエサ

「サギのエサ」とは上手く表現しましたね！「老後の」を「貯めた」とすると字余りも解消され、五七五に収まります。

時間を置いて自分の句を読み返すと客観的にチェックできますよ

④ ひとりよがりに注意する

読む人のことを考えながら作句するのも上達のコツです。誰かに句をチェックしてもらう方法もあります。

[原句]

寝た抱いた　孫成人で　近寄れぬ

[添削]

抱っこして　あげたいけれど　孫ハタチ

原句は、お孫さんへの想いがあふれてしまいましたね。「もう一度抱っこしたい」その思いを素直にまとめます。

最後に「孫ハタチ」と置くことで、ナルホド！となります。

［原句］

広めたい　ことなら他人　秘密だと

［添削］

秘密よと　広めるために　念を押し

言いたいことはわかります。なんとなく（笑）。広めるために、わざと秘密にするなんて、なんて人間的なんでしょう。

「念を押し」がなかなか思いつかない言葉。がんばって！

5 説明しすぎない

一七文字しかない川柳、説明しすぎる余裕はありません。特に動詞。動詞は説明の言葉、使いすぎには注意しましょう。

[原句]

若作り　しても席譲られ　無駄を知る

←

[添削]

若作り　してるのに席　譲られる

せっかくキレイに装ったのに残念（笑）！　でも、「無駄を知る」まではちょっと言いすぎ、説明しすぎですね。人生に無駄はありません。

「無駄」は句の余白から感じられるようにまとめます

［原句］

断捨離の　止どめは俺が　粗大ゴミ

［添削］

断捨離の　止どめは俺か　妻が見る

ご自分のことを「粗大ゴミ」なんて言ってしまうユーモア精神には敬意を表しますが、もう少し抑えて表現しましょう。

「断捨離」があれば「ゴミ」は言わずもがななんですね

⑥ 事実にこだわりすぎない

想像（妄想）をたくましくして、フィクション句を作ってみるのも、川柳の魅力の一つです。

［原句］

五十肩　先生私は　七十六歳

←

［添削］

五十肩　先生私は　七十五

七十六歳は事実なのでしょうが、ここは七十五でOK。句意は変わりませんし、しかも五七五のリズムに近づきます。

七十六歳も具体的でいいけどね〜。グッとこらえて七十五に

［原句］

窓みがき　しばし中止の　五十肩

［添削］

窓みがき　「ムリするなよ」と　五十肩

「しばし中止」も素直にまとまっているのですが、もう一歩踏み込んで表現すると、さらに印象的な句になりますよ。

当たり前じゃない表現をするのが川柳の楽しさ！

⑦ 具体的に表現してみる

「講釈師見てきたような嘘をつき」という川柳がありますが、目の前で起きた出来事を語るように、なるべく具体的に表現しましょう。

［原句］

幼い子　リュック背負って　塾通い

←

［添削］

塾通い　背からはみ出す　リュック負い

お孫さんかな。それともお孫さんを思い出したのでしょうか。具体的に表現するとさらに伝わる句になります。

大きなリュックに小さい子。思いがあふれますね

［原句］

野良猫が　ネットにかかり　四苦八苦

←

［添削］

カラス除け　ネットに猫が　引っかかり

カラス除けネットと具体的に表現すると映像が浮かぶ作品になります。四苦八苦の様子は余白から伝わります。

生きるのは大変！
カラスも猫も人間も

⑧ 句のラストを工夫する

終わりよければすべてよし！　句のラストを工夫することで、忘れられない傑作になることがあります。

［原句］

妻の日記　読んで気になる　黒潰し

［添削］

黒塗りが　気になる妻の　日記帳

日記帳を句のラストにすえたことで余韻が出ました

読み手の想像力を刺激するドラマ性の高い句です。いったい何が書いてあったんだろう。考えると眠れなくなりそう！

［原句］

あのヒミツ　私の心を　ワクワクと

［添削］

私《わたくし》の　心くすぐる　あのヒミツ

秘密が心を若くする秘訣、という視点はとてもユニークです。「あのヒミツ」と名詞で終わると、句の座りもよくなりますね。

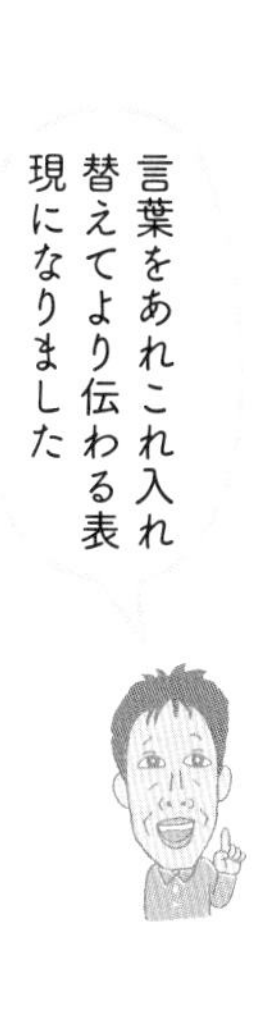
言葉をあれこれ入れ替えてより伝わる表現になりました

❾ ルビは最小限に

ルビを多用すると句品が落ちますので、なるべく用いないか、使っても最小限にとどめましょう。

［原句］

血圧値　納得するまで　測る患者《ひと》

［添削］

血圧値　納得するまで　測る人

血圧が気になる人には実感と共感の句です。患者さんに限定しない方が、句の世界が広がります。

うーん、わかる。体重計も納得するまで乗ったりしますね

［原句］

どんな秘密《かこ》　背負っていても　変われるよ

［添削］

変われるよ　過去の秘密が　重くても

励まされる句で内容はとてもよいのですが、秘密に「かこ（過去）」のルビはやや無理があります。

秘密に「かこ」のルビは演歌の歌詞みたい。作詞家になれるかも

⑩ ひらがな・漢字・カタカナはバランスよく

ひらがなはやわらかさやあたたかさ、漢字は硬さや強さ、カタカナは若々しさや新しさを演出することもできます。

［原句］

きみまろが　いやなこといい　なぜわらう

←

［添削］

きみまろさん　ヤなこと言うが　笑っちゃう

作者ならではの発見があって面白い句です。すべてひらがなだと読みにくいので、適度に漢字を入れましょう。

凝りすぎると読みにくくなります。つねに読む人を考えて！

［原句］

企業ヒミツ　体よく断る　言葉にし

［添削］

教えない　企業秘密と　ほほ笑んで

企業ヒミツと秘密をカタカナにしました。チャレンジ精神は買いますが、ここは「企業秘密」と普通に表記したいですね、「凝って、凝らない」がコツです。

コツ伝授
企業秘密と
言わないで
タケシ

タケシ先生の

シル川コラム

川柳が
さっぱり浮かばないときは

そんなときは映画を観たり小説を読んだり、音楽を聴いたり、他のことで刺激を得るのがいいですね。また、人の句を読むのが効果的。自分が好きな句、これは川柳だけでなく、俳句や短歌、詩でもいいんですが、自分が好きだなと思ったものをノートに書き写すんです。

自分が好きな句、とは自分が目指すべき句なんですね。この「自分の好きな句ノート」がいっぱいになったころには、「私も書きたい！」という意欲がわいてきます。またスランプのときにそのノートを読み返すと、自分の方向性の再確認にもなりますよ。

第四章

もっと楽しもう！
シルバー川柳ライフ

句会に参加してみんなでシルバー川柳を詠み合ったり、
雑誌や本に作品を投稿したり。
川柳から自分の世界を広げてみましょう！

句会レポート

句会ってどんなとこ？タケシ先生の句会を訪ねてみました

「句会に出ると、川柳が二倍も三倍も楽しくなるんですよ。ぜひ見学に来てください」

タケシ先生のお誘いを受け、月に一回、毎日文化センター（東京・竹橋）で開催されている、『笑って上達！　仲畑流万能川柳句会』に編集スタッフがお邪魔してきました。

「句会」と言われても、はじめての人は「なにそれ？」と思われるかもしれませんね。ざっくり説明すると句会とは、お題にそった自作の句を持ちより、それを

選句タイム。
心地よい緊張が！

参加者みんなで選んで成績を競ったり評価したりするものです。

タケシ先生の万能川柳句会も、基本的にはそのスタイル。今回のお題は「年末年始」と自由句。各題二句ずつを作り、句会の前までに先生に提出します。

当日は、集まった句をまとめて印刷したものが配られますが、そこには作者の名前は書かれていません。つまり、誰がどの句を詠んだのかはわからない状態です。

今回の参加者は男性七名に女性一〇名。さらに、当日は欠席だけれど、投句している会員もいるため、各テーマ五〇句ずつの川柳がずらりと並びました。

五〇句の中から特選を一句、佳作を二句選びます。特選には二点、佳作には一点が加点され、総合計で成績を競い合うルールです。

選句する皆さんの表情は真剣そのもの。それもそのはず、思わずギャハハと笑ってしまうような句もあれば、「うまい、そうきたか!」というもの、また、心が温まるような句もあり、たった三句だけを選ぶのは至難の業です。○を付けては消してまた付けては消してを繰り返し、なんとか選句を終えると、今度は一人一人どの句を選んだのか、なぜその句を選んだのかを発表していきます。

皆さん自分の句が選ばれるかドキドキ。また、自分が選んだ句をほかの人が選ぶと「やっぱりね」と思ったり、また、自分は選ばなかったけれど、ほかの人の選句の理由を聞いて「そういう味わい方もあったか」とちょっと後悔したり。さらに、同じ句を選んでも、人によって解釈が違ったりと大変奥深いのです。

そして、全員の発表が終わると、点数の計算。特選と佳作が決まり、それぞれの作者が発表されます。長く通っている方は、それぞれの作風を熟知しており「これは○○さんが書いたのかな？」なんて予想もしているので、それが当たると「やっぱり！」といった声も上がり、会場はなんとも言えない高揚感に包まれます。

タケシ先生が「句会に参加すると、川柳が二倍も三倍も楽しくなる」と言った理由がよくわかりました。一人で川柳を書いたり読んだりするだけでは決して得られない味わいがあるのです。今回の句会には、ベテラン会員だけでなく、「今日がはじめて」という人もいましたが、皆さん大満足の笑顔でした。

川柳の句会に参加するにはどうすればよいのでしょうか

現在、句会に参加している方々に聞いてみました。

「公民館に川柳サークルがあった」

「シニア向け情報紙に川柳サークルの案内が出ていたので体験参加した」

「新聞の川柳欄に投句をしていて、その新聞社に問い合わせたら、その選者が主宰する川柳会を紹介された」

「知人に川柳をしている方がいた」

などなど、案外、身近なところに、きっかけがあったようです。

カルチャースクールによっては、無料で体験参加できるところもありますので、まずは、お気軽にお問い合わせください。

ドキドキ、
和気あいあいの
結果発表！

作った川柳を投稿してみよう

自分が作ったシルバー川柳。仲間内の句会やカルチャースクールで作品を披露しあうのもいいですが、もう一歩、勇気を出して投稿してみるのはいかがでしょう。新聞や雑誌、ラジオ、フリーペーパー、インターネットなど、様々な場所で川柳コーナーがあります。アンテナを張り巡らせて、そんな投稿先を探してトライしてみるのも頭の体操になりますね。またシルバーの投稿川柳を集めた傑作が書籍や雑誌で発表されるのもいい励みになります。

ただ、ご自分の投稿した作品が選ばれなくても落ち込むことはありません。**シルバー川柳は「楽しい気持ちで作ったり読んだりできる」ことがいちばん。「楽しんだ者勝ち!」で優劣のあるものではありません。**投稿を毎日の川柳作りのアクセントにうまく利用していけたらいいですね。

おすすめの投稿先

仲畑流万能川柳

毎日新聞の川柳コーナー。日本全国から作品が集まる。

はがき1枚に5作品まで。未発表句に限る。住所、氏名（本名）、年齢、電話番号、職業を明記のこと。柳名（筆名）は5文字まで。

<応募先>

〒100-8051　毎日新聞社「万能川柳」係

みやぎシルバーネット「シルバー川柳」

仙台圏で親しまれているシルバー向け老舗月刊フリーペーパー。
「シルバー川柳」は創刊以来の人気連載。毎月200通以上の投稿あり。

ハガキ1枚に5作品まで。60歳以上の方の未発表自作に限る。住所、氏名（本名）、年齢、電話番号を明記のこと。

<応募先>

〒981-0905　仙台市青葉区小松島2-9-5
みやぎシルバーネット「シルバー川柳」係

河出書房新社「シルバー川柳」

60歳以上のリアル・シルバーの投稿川柳の傑作選『笑いあり、しみじみあり　シルバー川柳』本を、みやぎシルバーネットと共同編者で刊行している。

ハガキ1枚に5作品まで。60歳以上の方の未発表自作に限る。住所、氏名（本名）、年齢、電話番号を明記のこと。柳号（筆名）不可。

<応募先>

〒151-0051　東京都渋谷区千駄ヶ谷2-32-2
河出書房新社「シルバー川柳」係

＊本ページの投稿先情報は2018年3月現在のもので、予告なく変更となる場合があります。また作品の発表方法や著作権帰属などの詳細は投稿先ごとに定められておりますので、別途ご確認ください。

ぶらり川柳探訪

蔵前は川柳のパワースポット！お土産には川柳最中《もなか》を

東京・浅草にほど近い蔵前は、昭和の風情が残る下町。東京スカイツリーを水面に映す隅田川、おもちゃ問屋が並ぶ街並は賑やかな浅草とは一味違った味わいがあります。

そんな蔵前、実は「川柳発祥の地」。なぜなら、川柳の名前の由来となった柄井川柳《からいせんりゅう》が門前名主をつとめた龍宝寺や、川柳横丁、川柳に関する史跡があちこちにあるからです。ウォーキングをかねて史跡巡りをすれば、名句誕生の予感。まさに、蔵前は川柳のパワースポットなのです。

そして、蔵前を訪れたら必ず立ち寄りたいのが、創業明治二〇年の老舗和

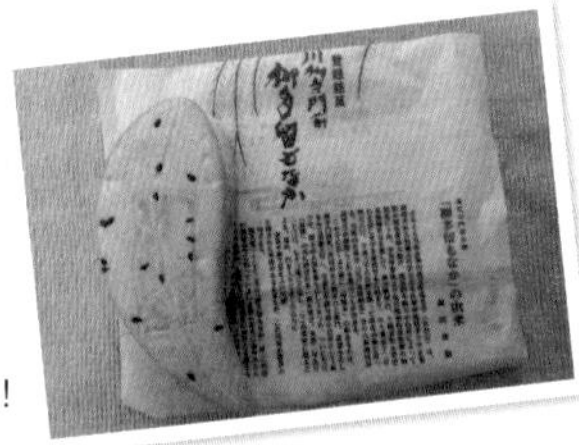

食べると上達！
柳多留もなか

菓子店の「榮久堂《えいきゅうどう》」さん。職人の技と吟味された材料で丁寧にひとつひとつ手作りされたお菓子は一三〇年間愛され続けています。中でも特におすすめは、「柳多留《やなぎだる》もなか」。（柳多留とは、江戸時代後期の川柳集のこと）。薄い求肥に包まれた上品な餡を、ふっくらとした最中の皮で挟んでおり、一度食べたら病みつきになること間違いなし。四代目当主の永見さんによると「できたてはサクッと、一日置くとしっとりとした味わいが楽しめ、どちらも美味しいですよ」とのこと。史跡巡りの合間に頬張るのもよし、お土産に買って帰るのもよし。発送もしてくれるので、句会のおともに食べるのも、また風情があるでしょう。

菓匠・榮久堂　住所　台東区蔵前4-37-9
電話　03-3851-6512　定休日　火曜日

大きな柳が目印、龍生寺

川柳ライフを楽しむ
リアル・シニアにインタビュー

川柳の楽しさを先輩方に聞いてみました！

「川柳を始めて、友達が増えました！」　光ターンさん

四年前、お友達から「認知症予防には川柳をやるに限る」と勧められ書くことを始めた光ターンさん（ペンネーム）。元来、読むのも書くのも大好きだったため、すぐ川柳の面白さにはまりました。句のヒントが浮かんだときは、さっと書き留められるよう常にメモを持ち歩き、メモがないときは携帯電話も活用。さらに、夜中に目が覚めてアイディアが思いついたとき用に、枕元にもメモとペンを常備し、電気をつけず目をつぶったまま書くという離

日本全国に
友達が
増えました！

れ業も習得。忙しい家事の合間を縫って、川柳ライフを満喫されています。

川柳を始めてたった二か月で投句した作品が新聞に掲載され、さらにやる気が加速。現在も、毎日三句をはがきに書いて投句しているそうです。

川柳を始めて変わったことは、ものを丁寧に見たり、見たものの裏側を考えてみるようになったこと。また、句会や新聞社主催の表彰式に積極的に参加したおかげで、知り合いが増え、年賀状の数も急増したそうです。

「川柳をやらなければ出会えなかった人たちと友達になれました。それにボーイフレンドがすごく増えたんですよ。この年になると、男女関係なしに気軽に付き合えるようになりました」と、明るく話してくださいました。

今後の目標は、自分の色を感じさせる川柳を書くこと。また、かすかにユーモアが垣間見えるような句を目指しているそうです。

実年齢のマイナス一五歳に見える美魔女の光ターンさん。もしかすると、若さと美貌の秘訣は川柳にあるのかもしれません。

「夫婦円満の秘訣は川柳」　さくらさん・さくらの妻さん

「川柳と出合わなかったら、今ごろは暗い老後だったかも。川柳を始めてよかったわぁ」。そう言って、コロコロと笑う奥様の隣で、優しくほほ笑むご主人。とっても仲睦まじいさくらさんご夫妻は、お二人で川柳を始めて早二〇年以上がたちます。結婚四〇周年記念には、「うふふの夫婦」という句集を上梓するほど、ご夫妻の毎日は川柳愛でいっぱい。特にご主人は、眠っている間以外は常に川柳を考えているという強者。二人で川柳を楽しむことで、共通の話題や一緒に笑う回数がとにかく増え、全国に夫婦共通の友人知人ができたと話してくれます。

川柳を書くコツを伺ってみると、①見たもの、聞いたもの、読んだもの、生活の中で自分の感性に触れたことを忘れないうちにメモする。②メモをもとに文章を作る。③文章の無駄な部分を切

川柳愛で
いつもラブラブな
70代

り捨てる。④五七五に書き直す。⑤必要な修正を加える。というのがさくらさん流。そうして、数々の名句を生み出してこられました。

ご家庭でプチ句会を開くほど仲の良いお二人ですが、なんと高齢者施設の慰問にもご夫婦そろって出向きます。奥様は趣味の域を超えたアコーディオン奏者で、ご主人は奥様のナビ（曲紹介などの進行役）で同行されるのですが、川柳仕込みの磨きのかかった言葉選び、トークの軽妙さに会場は大盛り上がり。こんなところでも、川柳の力が存分に発揮されているそうです。「私にとって川柳は、人生の調味料のようなもの。これからも主婦目線の句を書いていきたい」と語る奥様。「川柳は生きがいの一つ。笑うことが増えて健康になるし、友人知人が増えるのがうれしい。時代が変わっても人の心に残る句を書きたい」と旦那様。

また、夫婦で一緒に川柳を楽しむ人が少しでも増えるよう、いろんな人にお勧めしていきたいと、幸せいっぱいの笑顔で語ってくださいました。

「川柳は私の使命。人の心をいやす句を」　樋川忠男さん

樋川さんが川柳を書くのを決意したのは二〇一一年三月一一日。東日本大震災の日です。お住まいの埼玉県も液状化が起き、家屋の屋根が落ちるなどの被害がありました。大工をしていた樋川さんは修理を通じて被災者の悲しみに直に触れ、「東北の人たちはどんなに苦しい思いをしているだろう」と胸を痛めていました。そんな折、被災者の悩みごとや被災者にむけての励ましが掲載される新聞上の掲示板ができ、そこに「なんとか元気を出してほしい」との思いから、川柳を書いたのが始まりです。

「震災で　見えない敵が　見えてきた」

これが、樋川さんの川柳デビュー作。

また当時、樋川さんにはずっと介護をなさっている奥様がいらっしゃいました。「楽しいことで脳を刺激するとアルツハイマーがよ

くなるよ」という友人のアドバイスを受け、奥様の枕元で自分の作った句を話して聞かせ、「今日は新聞にのったよ」などと、優しく語りかけ続けたそうです。

そうして樋川さんにとって川柳はとても大切な存在になっていき、今ではいろんな句会に参加し、新聞数社に投句もされています。たくさんの川柳を生み出してきた樋川さんですが、

「七人の　敵も味方も　介護所へ」

で、毎日新聞社・仲畑流万能川柳の月間大賞を受賞。これは、約五万句の中から選ばれた頂点です。しかし、樋川さんはここで満足せず、さらなる高み、年間大賞を狙っているというのですから、頼もしい限りです。

「私にとって川柳は『希望』。趣味だったら飽きてやめてしまうけれど、いろんな人の心をなぐさめるためにも書き続ける、そういう使命感がある」。七八歳の樋川さんの挑戦は、これからも続きます。

ミニ辞典

あ行

【暗喩《あんゆ》】

比喩の表現法の一つ。隠喩ともいう。「……のような」などの語を除いて表現する手法。「合コンへ 野獣の顔を 見せる姉 水野タケシ」。

【うがち】

表面的には見過ごされがちな物事・人情の隠れた真実を巧みにとりだすこと。川柳の三要素の一つで、川柳ならではの持ち味。

【おかしみ】

滑稽味。ユーモア。川柳の三要素の一つで、川柳ならではの持ち味。

か行

【雅号《がごう》】

ペンネーム。柳号、柳名ともいう。

【上五《かみご》】

五七五の最初の五音。初五《しょご》ともいう。

【柄井川柳《からいせんりゅう》】

(1718～1790) 川柳の始祖。浅草新堀端の龍宝寺門前の名主を務めながら、前句付の点者(選者)として活躍した。

【軽み】

川柳の三要素の一つで、軽妙な語り口の中に、深い奥行きや広がりを感じさせること。川柳ならではの持ち味。

【擬人法《ぎじんほう》】

人間でないものを人間になぞらえる表現手法。「大仏の 歩く姿を 想像す 水野タケシ」。

【虚構《きょこう》】

空想や想像力によって作り出した現実にはないもの。フィクション。

【切《き》れ字《じ》】

俳句で、句の切れ目に使う「や」「かな」「けり」などの助詞や助動詞。川柳ではあまり使わない。

【吟行《ぎんこう》】

句を作るために郊外や名所旧跡などに出かけること。吟行会。

【句会《くかい》】

何人かが集まって句を作り、選をし、評をし合う会。指導者の教えを受けることもある。

【句《く》またがり】

川柳は、意味の上でも調べの上でも五七五のカタチになるのが原則だが、五七五で読むと中七や下五に言葉がまたがることがあり、これを句またがりという。「ドラフトの クジ本人に 引かせたい 水野タケシ」。

【結社《けっしゃ》】

川柳を作る人たちの団体。

【古川柳《こせんりゅう》】

①江戸時代に作られた川柳。②柄井川柳が採り、呉《ご》陵軒可有《りょうけんあるべし》が編んだ「誹風柳《はいふうやなぎ》多留《だる》」の初篇から二十四篇まで。

さ行

【三要素《さんようそ》】

川柳の文芸的特性で「うがち」「おかしみ」「軽み」だが、現在の川柳は三要素の枠にはまらないものも多い。

【字余《じあま》り】

本来一七音であるべき川柳が、一八音一九音になること。

【時事川柳《じじせんりゅう》】

世相、政局など社会的出来事を詠んだ時評的な句。

【字足《じた》らず】

一七音の川柳が一六音、一五音などで作られること。

【下五《しもご》】

五七五の最後の五音。座五《ざご》ともいう。

川柳の用語

ま行

【前句付《まえくづけ》】

前句付とは点者（選者）が出題した前句、たとえば「こわいことかな、こわいことかな」を題にして「雷を　まねて腹がけ　やっとさせ」というような句をつけるもの。

【見《み》つけ】

発見。着眼。目のつけどころ。

【武玉川《むたまがわ》】

「誹風柳多留」の前に発表された川柳と同じような句集。五七五の句と七七の句がある。川柳にも大きな影響を及ぼしたことから、七七の句も川柳として扱う選者もいる。

ら行

【柳人《りゅうじん》】

川柳作家。

【類句《るいく》】

発想や言葉、形、調べなどの要素が似ている句。類想句ともいう。

な行

【中七《なかしち》】

五七五の真ん中の七音。

は行

【誹風柳多留《はいふうやなぎだる》】

1765年、柄井川柳が選んだ「川柳評万句合」の中から、呉陵軒可有《ごりょうけんあるべし》が編集した川柳選集。「柳多留」ともいう。

【破調《はちょう》】

五七五のリズムを破ること。句またがりをさすこともあるし、字余りや字足らずをさすこともある。

【破礼句《はれく》】

性風俗を詠んだ川柳で、エッチ句、セクシャル川柳ともいう。古川柳では「誹風末摘花《すえつむはな》」が有名。

【パロディ】

かえうた。本歌取りと同じく、他人の句を下敷きにして作ること。

【披講《ひこう》】

選者が入選句を読んで発表すること。

【没句《ぼつく》】

入選しなかった句。

【宿題《しゅくだい》】

句会・大会などで、あらかじめ発表されている課題。

【推敲《すいこう》】

川柳の字句を選び、練りなおすこと。

【席題《せきだい》】

句会・大会当日に会場で発表される課題。

【選者《せんじゃ》】

集句から入選作品を選ぶ人。

た行

【直喩《ちょくゆ》】

似たものを引き合いに出し、「……のような」などの語を用いて説明する表現方法。「山頭火　みたいなノラと　すれ違う　水野タケシ」。

【定型《ていけい》】

決まった形。川柳の場合、五七五。

【投句《とうく》】

新聞などの川柳欄や川柳大会などに出句、または郵送やメールすること。

【倒置法《とうちほう》】

語順を倒置して用いる手法。「哀れなり　上手に薬　のむ幼児　水野タケシ」。

―― 新装版・おわりに ――

川柳は楽しく生きるための道具！五七五が人生を、苦境を、救ってくれるときもある！

皆さん、最後までご愛読、ありがとうございました！

お名残り惜しいけれど、再びさようならの時間です。本書が皆さんのシルバー川柳ライフをますます楽しくするヒントとなれたなら、とってもうれしいです。

結びに代えて新型コロナと川柳についてのお話を少しさせてください。

2020年3月の初め頃には「たちの悪い風邪でしょ」くらいの認識だった新型コロナウイルスでしたが、あっという間に、どちらを向いてもコロナ、コロナの日々になってしまいました。「濃厚接触禁止」ということで、川柳界も句会や会合、大会など、つぎつぎと中止になっていきました。

ささやかな日々の楽しみを奪ったコロナ。シルバー川柳ファンの皆さんも悲しく、寂しい思いをされていたと思います。私自身も、日々の句会や川柳の集いなどがすべて中止を余儀なくされました。

でも、コロナに負けない好奇心旺盛なシルバー川柳愛好者の方々もたくさんいました。ありあまるほどの「おうち時間」を活用して、新たにパソコンを習得。オンラインで全国各地のお仲間と句会を楽しんでいるシルバー川柳ファンの方々を何人も知っています。

私もまたコロナ禍になって、かえって句会の数が増えました。フランスやイタリアの川柳仲間と、パソコンの画面で初対面を果たすこともできました。ヘンな言い方ですが、コロナがなかったら、実現しなかったことかもしれません。

さて、ここである川柳をご紹介させていただきます。

貧しさも　余りの果ては　笑ひ合ひ

この句、誰のつくった川柳かわかりますか？　わかる方は相当の文学通です。じつはこれ、国民文学の巨匠、『宮本武蔵』でお馴染みの吉川英治の川柳です。英治が小説家になる前、象眼職人の従弟だったころによんだ句。今から100年以上前、明治の終わりですが、まったく古びていませんね。古びないどころか、不景気の今も身にしみてしまう句です。ひょっとすると、世界中の人たちが共感して微苦笑を浮かべるかもしれません。

不況や貧乏をなげくのではなく、笑い飛ばすのが川柳の持ち味。英治の句も、貧乏にちっとも負けていないところが素晴らしいですね。爽快ですらあります。

さて、この名作川柳は、自分を客観視する眼、つまり「第三の眼」から生まれています。「第三の眼」があれば、人の不幸は蜜の味、どころか、自分の不幸も興味津々！

川柳は、この「第三の眼」を鍛えてくれます。自分自身すら笑い飛ばす能力があれば大抵《たいてい》のことは怖くない！　こんな時代だからこそ、シルバー川柳で明るくたくましく生きていきましょう。

息苦しいことが多い時代。心の重さを、すこしでも軽くするための便利な道具として、シルバー川柳をどうぞ、ご活用ください。

また様々な句会や集いでお会いしましょう。その時は気軽に声をかけてくださいね。

二〇二一年　夏のさかりに　水野タケシ

〈 著者 〉水野タケシ（みずの たけし）

1965 年東京生まれ。コピーライター・川柳家。

現在は川柳セミナー講師やコンテスト選者、テレビの川柳バラエティー番組の監修、ラジオのパーソナリティーなども務める。

著書に『仲畑流万能川柳文庫①　水野タケシ三〇〇選』（毎日新聞東京センター）、共著に『これから始める俳句・川柳　いちばんやさしい入門書』（池田書店）がある。

ブログ「水野タケシの超万能川柳」
https://ameblo.jp/takeshi-0719/

〈 編集スタッフ 〉

構成	松島恵利子
デザイン	GRiD
イラスト	BIKKE
編集協力	みやぎシルバーネット、毎日新聞『仲畑流万能川柳』

本書に掲載した川柳作品は、みやぎシルバーネット編集部、河出書房新社シルバー川柳編集部に送られた投稿作品、また、毎日新聞『仲畑流万能川柳』、エフエムさがみ『ラジオ万能川柳』に投句された作品から構成されています。ご協力いただいた皆様に感謝いたします。

＊本書に掲載の投稿先情報や店舗情報は2018年5月時点のものです。

いちばんやさしい！ 楽しい！

シルバー川柳入門

2018年5月30日　初版発行
2021年8月20日　新装版初版印刷
2021年8月30日　新装版初版発行

著者　水野タケシ
発行者　小野寺優
発行所　株式会社河出書房新社
〒151-0051
東京都渋谷区千駄ヶ谷2-32-2
電話　03-3404-1201（営業）
03-3404-8611（編集）
https://www.kawade.co.jp/
印刷・製本　図書印刷株式会社

ISBN978-4-309-02979-5
Printed in Japan

＊本書は2018年小社刊『いちばんやさしい！楽しい！シルバー川柳入門』を新装したものです。